L'AVEUGLE

DE MONTMORENCY,

COMÉDIE EN UN ACTE,

MÊLÉE DE COUPLETS,

PAR MM. BRAZIER, GABRIEL ET GERSIN;

REPRÉSENTÉE POUR LA PREMIÈRE FOIS, A PARIS, SUR LE THÉATRE DES VARIÉTÉS, LE 6 MARS 1823.

PRIX : 1 fr. 50 c

PARIS,
CHEZ QUOY, LIBRAIRE,
ÉDITEUR DE PIÈCES DE THÉATRE,
Boulevard Saint-Martin, N°. 18.

1823.

PERSONNAGES. ACTEURS.

PERSONNAGES.	ACTEURS.
Le père JÉROME, aveugle, ancien mineur.	M. *Lepeintre aîné.*
LATUILE, maçon-cabaretier.	M. *Lefèvre.*
JEANNETTE, sa fille.	Mlle. *Pauline.*
VICTOR, neveu de Jérome, employé dans une manufacture de porcelaine.	M. *Paul.*
LEFRANC, négocians.	M. *Cazot.*
DELORME, négocians.	M. *Arnal.*
LAROSE, manœuvre.	M. *Odry.*
Un Paysan.	M. *George.*
Paysans et Paysannes.	

La scène se passe à Montmorency.

AVIS.

De l'Imprimerie de Nouzou, rue de Cléry, n°. 9.

L'AVEUGLE
DE MONTMORENCY,
COMÉDIE EN UN ACTE.

Le Théâtre représente la place publique du village; à droite, une jolie petite maison bourgeoise, bâtie tout nouvellement; à gauche, le cabaret du père Latuile, avec cette enseigne: Latuile, maçon-cabaretier. *A côté du cabaret, une espèce de hangard, qui sert à battre le plâtre et à serrer les boulins, les échelles, les planches et tout ce qui sert à la maçonnerie. Devant le hangard, au deuxième plan, un gros chêne avec un banc.*

SCÈNE PREMIÈRE.

LATUILE, LEFRANC.

LEFRANC, *sortant de la maison neuve avec Latuile.*

C'est très-bien, M. Latuile, vous avez parfaitement rempli mes intentions, et cette maison est bien telle que je la désirais.

LATUILE.

Écoutez donc, notre bourgeois, on est maçon, c'est vrai, mais ça n'empêche pas d'avoir du goût, des connaissances dans son art, et on a la colonnade du Louvre dans la tête, tout comme un autre.

LEFRANC.

Ce dont je vous sais gré, c'est de l'avoir terminée le jour fixé entre nous.

LATUILE.

Quand je donne ma parole, c'est bien cimenté.

LEFRANC.

Vous avez rempli votre tâche, je dois remplir la mienne, votre mémoire?

LATUILE.

Quoi? vous voulez déjà?

LEFRANC.

Que la maison soit payée avant d'y entrer.

LATUILE.

Y paraît que vous toisez les affaires lestement.

LEFRANC.

Dans mon commerce, je ne connais que le comptant... et cela n'en va pas plus mal... je ne fais pas ce qu'on appèle les grandes affaires, mais j'en fais de bonnes.

LATUILE.

C'est le meilleur.

LEFRANC.

Air : *Je suis Français, mon pays avant tout.*

Du bien d'autrui je ne fais point ressource,
Je ne fais point l'homme étoffé;
Et je ne demande à la bourse,
Que le tarif du sucre et du café. (*bis*).
Dans des momens tels que les nôtres,
Ne voulant pas, étant homme de bien,
Me rattraper avec l'argent des autres,
Jamais (*bis*). je n'expose le mien. (*bis*).

LATUILE.

Il serait à souhaiter que tout le monde pensit comme vous.

LEFRANC.

Comme je vous disais, mon cher M. Latuile, je voudrais le mémoire de cette petite maison.

LATUILE.

Qu'à cela ne tienne. (*Il appèle*). Jeannette! Jeannette! apporte le mémoire de la petite maison neuve; il est dans le tiroir de la table... il paraît, monsieur, que cette maison sera bientôt habitée?

LEFRANC.

Aujourd'hui même.

LATUILE.

Par vous, monsieur?

LEFRANC.

Non!

LATUILE.

C'est donc madame qui viendra y passer la belle saison?

LEFRANC.

Pas davantage.

LATUILE.

C'est que nous avons à Montmorency beaucoup de jeunes

dames, qui viennent y passer quelque temps, à cause des eaux d'Enghien, qui sont à côté, et tenez, sans aller plus loin.

Air : *Voulant par ses œuvres complettes.*

Nous avons la femm' d'un notaire,
Qu'on traite ici depuis quatr' mois;
Comm' tout' la semaine ell' n' souffre guère,
Ell' court les champs, ell' court les bois.
Mais étant extrêm'ment sensible,
Elle a des nerfs qui l' sont aussi;
Et l' jour qu'elle attend son mari,
Elle est dans un état horrible. (*bis*).

LEFRANC.

Dites-moi, est-ce que votre fille ne trouve pas le mémoire; voyez donc un peu, je vous prie.

LATUILE.

La voilà qui vient.

SCÈNE II.

LEFRANC, JEANNETTE, LATUILE.

JEANNETTE, *un mémoire à la main.*

Tenez, mon père, n'est-ce pas ça que vous demandez?

LATUILE.

Précisément.

LEFRANC.

Je vous remercie, mademoiselle, ah! ah! je vous fais mon compliment, père Latuile, tout ce que vous faites est de main de maître, et mademoiselle votre fille est charmante.

LATUILE.

Mais oui, c'est assez bien dressé.

LEFRANC.

Aussi fraîche et aussi jolie, on a sans doute un amoureux?

JEANNETTE, *soupirant.*

Hélas! oui, monsieur.

LEFRANC.

Pourquoi donc cet hélas?

LATUILE.

Parce que, voyez-vous, les jeunes filles, ça ne voit que le mariage, et nous autres, pères de famille, nous voulons voir quelqu'autre chose avec ça.

LEFRANC.

Ah! j'entends... c'est la dot qui vous manque.

JEANNETTE.

Tout juste, monsieur, car j'avais le mari.

LEFRANC.

C'est en effet la chose principale; mais rassurez-vous, la dot pourra venir; j'ai entendu parler du jeune homme qui a le bonheur de vous aimer, et on s'intéresse beaucoup à lui...

JEANNETTE.

Vous connaissez M. Victor?

LEFRANC.

Oui, et le père Jérome, son oncle, un ancien mineur, appelé l'aveugle de Montmorency.

JEANNETTE.

En effet!..

LEFRANC.

Un brave homme, natif de ce pays, où il est venu se retirer, depuis qu'en sauvant la vie à trois personnes dans un incendie, il a eu le malheur de perdre la vue.

JANNETTE.

C'est bien ça.

LEFRANC.

Si on ne marie pas ce jeune Victor, si on ne le fixe pas dans ce village, que deviendra le père Jérome?

JANNETTE.

Ah! ça, mais, monsieur, avec votre permission, vous savez donc tout ce qui se passe ici?

LEFRANC.

A peu près. (*Il ouvre le mémoire*). Ah! il est acquitté. Ainsi donc, père Latuile, déduction faite des avances que vous avez reçues, je vous redois pour l'achat du terrain, la construction de cette maison, les meubles dont elle est garnie, trois mille cinq cents francs.

LATUILE.

Tout autant; vous pensez bien que le plâtre, la pierre, le bois, tout y est compris.

LEFRANC.

Je suis trop content de votre zèle pour batailler avec vous; voilà la somme toute entière. (*Il lui remet des billets de caisse*).

LATUILE.

Si tous les entrepreneurs étaient payés comme moi, le bâtiment roulerait.

LEFRANC.

Sans adieu ; avant la fin de la journée, vous me reverrez ici avec un de mes amis, qui prend à cette maison autant d'intérêt que moi. (*Il va pour sortir ; en se retournant, il aperçoit le banc qui est au pied du gros chêne*). Ah ! voici du nouveau ! qu'est-ce donc que ce banc, qu'on a fabriqué au pied de cet arbre, depuis que je ne suis venu ici ?

JEANNETTE.

Ce banc ?.. ah ! vous voyez bien que vous ne savez pas tout ce qui se passe ! eh ! bien, je vais vous dire ça : Tous les dimanches, le père Jérome vient ici, avec sa vielle, nous faire danser ; chaque matin, il vient aussi dire un petit bonjour aux paysans qui vont à leur ouvrage, et comme il demeure là bas, là bas, au bout du village, chez le père Mathurin, où il n'est pas trop bien, quand il arrive, il est bien fatigué, je le fais asseoir sur ce banc-là, que moi et Victor avons eu l'idée d'arranger pour lui ; je lui donne un verre de vin, une tasse de lait, un fruit selon la saison, et environné de nos soins, de nos caresses, il oublie toutes ses peines.

LEFRANC.

Tant de prévenances sont bien faites pour les adoucir.

JEANNETTE.

Air : *Nouveau de M. Blanchard.*
Ou : *Lise chantait dans la prairie.*

Si vous saviez, malgré son âge
Et sa cruelle infirmité,
Combien il plaît à tout l' village,
Par son humeur et sa gaîté.
Quant à moi, qui n' suis pas coquette,
Je n'ai qu'à me louer de sa bonté !..
Car il n'y a pas d' jour qu'il n' m' répète,
Que j' voudrais (*bis*). voir tes yeux, Jeannette !

LEFRANC.

Voyez-vous ça.

JEANNETTE.

L'autr' jour j' sortions d' chez mon père,
Il me dit : Jeannette *es-tu là ?*
Sur le champ, la fille à gros Pierre
Lui répond tout bas, me voilà.

Certain'ment, je n' suis pas coquette,
Mais tout à coup il s'arrêta,
En disant, d'une voix inquiète,
C' n'est pas là (*bis*). la voix de Jeannette.

LEFRANC.

Voilà un aveugle qui possède un tact bien fin.

LATUILE.

Morgué, si vous voulez le voir, il ne tardera pas à venir.

LEFRANC.

Je ne puis rester; je le verrai plus tard. Je suis trop impatient d'aller chercher mon ami et de le conduire ici.

LATUILE.

Vous le rencontrerez peut-être sur votre chemin, puisque vous retournez à Paris. Serviteur, monsieur, je vous salue bien.

LEFRANC.

Adieu, mes amis; à ce soir. (*Il sort*).

SCÈNE III.

JEANNETTE, LATUILE.

LATUILE.

Tiens, ma fille, porte cet argent à la maison, et inscris-le sur le livre de recette.

JEANNETTE.

J'ai pas le temps, mon père; vous savez bien que M. Victor, le neveu du père Jérome, est à Paris depuis hier matin?

LATUILE.

Eh! bien, qu'est-ce que cela fait.

JEANNETTE.

Cela fait qu'il faut que je le remplace aujourd'hui, et que j'aille chercher le père Jérome.

LATUILE.

Ah! si c'est pour ça, c'est juste, je ne voulons pas t'en empêcher. Ce pauvre père Jérome, vas vite... vas vite.

JEANNETTE.

Qu'il va être content.

LATUILE.

Air : *D'Angéline.*

Auprès de lui, hâte-toi de te rendre,
Et suis toujours le penchant de ton cœur;
En aucun temps on ne doit faire attendre
Ni la vieilless', ni le malheur.

JEANNETTE.

Allez, je n'manque pas d' courage.

LATUILE.

Tu r'cevras le prix qui t'est dû,
Un bienfait n'est jamais perdu.

JEANNETTE.

Vous pensez donc à mon mariage?

ENSEMBLE.

LATUILE.

Auprès de lui, hâte-toi de te rendre, etc.

JEANNETTE.

Auprès de lui, mon pèr' je vais me rendre,
Je sens trop bien, au fond d' mon cœur,
Qu'en aucun temps on ne doit faire attendre
Ni la vieilless', ni le malheur.

(*Elle sort*).

LATUILE.

Elle est gentille! elle a bon cœur... Victor est un honnête garçon; mais il n'a rien du tout, et ce n'est pas assez. Il n'est encore qu'employé dans sa manufacture de porcelaine, quand il sera contre-maître, nous verrons.. mais v'là Larose, mon manœuvre. Avant de lui tailler de la besogne, j'allons porter cet argent à la maison. (*Il rentre*).

SCENE IV.

LAROSE, *il chante en marchant lentement.*

Air :

C'est les tailleurs de pierre,
Qui sont de bons enfans.
Y vont dans la carrière,
Pour chercher du ciment;
Et puis après s'en vont,
Pour tailler du moellon.

Deuxième couplet.

C'est les batteurs de plâtre,
Qui font plaisir à voir;

Travaillant z'à Montmartre,
Du matin jusqu'au soir,
Et puis s'en vont souper,
Vu qu'ils l'ont ben gagné.

Ah ! en parlant de plâtre, faut que je batte le mien, sans ça, le bourgeois... ah ! mais c'est que le père Latuile, le maçon-traiteur de Montmorency ne badine pas, lui, il est doux... il est bon... mais faut que la besogne roule.. allons, la brouette en avant. Oh ! oh ! v'là déjà les paysans qui vont aux champs, (*appelant dans la maison de Latuile*). Notr' maître ! notr' maître...

SCÈNE V.

LAROSE, Paysans et Paysannes, LATUILE, *sortant de chez lui. Les paysans sont en habits de travail, avec leurs outils sous le bras.*

CHOEUR.

Air : *Vaudeville des Blouses.*

Mes chers amis, allons au labourage,
Pour être heureux, il faut sans réfléchir,
Savoir passer du plaisir à l'ouvrage,
Et sans regret de l'ouvrage au plaisir.

LATUILE.

Que chacun d' nous cultive en paix sa terre,
Ne formons point de voeux ambitieux,
Ah ! si chacun n' faisait que c' qu'il doit faire,
Comme ici tout en irait ben mieux.

CHOEUR.

Mes chers amis, allons au labourage, etc.

UN PAYSAN.

Bonjour, M. Latuile.

LATUILE.

Bonjour, les amis, bonjour !

LAROSE, *paraissant avec un panier à passer le plâtre.*

UN PAYSAN.

Tiens, v'là Larose !

TOUS.

V'là Larose !

LAROSE.

V'là Larose... v'là Larose, ils n'ont que Larose à la bouche.

LATUILE.

Ah! ça, silence, vous autres, avant qu'il soit arrivé il faut que je vous apprenne ce que vous savez tous.

LAROSE.

Quoi donc qu'y savont ? je sais rien du tout, moi.

LATUILE.

C'est demain la fête du père Jérome.

LAROSE.

Ah! l'aveugle... ah! oui, il s'appelle Boniface.

LATUILE.

Il faut la lui souhaiter.

LAROSE.

Bonne et heureuse, accompagnée de plusieurs autres.

UN PAYSAN.

C'est dit, après les travaux nous nous rendrons sur cette place... nous apporterons chacun quelque chose.

UNE PAYSANNE.

Moi j'apporterai des fruits...

UN PAYSAN.

Moi du vin.

UN AUTRE.

Moi de la galette avec du sel dedans.

LAROSE.

Ah! dites donc, vous savez bien qu'avant z'hier, on a tué le cochon, notre bourgeois, faudra apporter du boudin.

LATUILE.

Tais-toi donc; surtout, mes amis, force bouquets.

LAROSE.

Les bouquets n'empêchent pas le boudin, tiens.

LATUILE.

Ce bon père Jérome, il sera si content!

LAROSE, *avec malice.*

Je sais bien ce que je lui dirai, moi, au père Jérome, pour sa fête; je lui dirai qu'il est aveugle...

TOUS, *riant.*

Ah! ah! ah! ah!

LAROSE.

Je lui dirai qu'il est aveugle... et que nous voyons avec plaisir...

TOUS, *riant.*

Ah! ah! ah! ah!

LATUILE.

Nous voyons que tu es un imbécille.

LAROSE.

Je lui dirai tout de même

(*On entend fredonner dans la coulisse*).

LATUILE.

Tenez, je crois que je l'entends.

LAROSE.

Oui, c'est sa chanson favorite...

LATUILE.

Cette gaîté lui va bien tout de même; il faut qu'il en ait une fière dose, car ma fine, rien ne l'attriste.

SCÈNE VI.

Lee Mêmes, Le Père JÉROME, JEANNETTE.

JÉROME *entre un bâton à la main, il est appuyé sur Jeannette, qui tient sa vielle.*

Air : *Hélas ! c'est qu' nous avons*
Plus d'esprit que nos pères.

Chanter du soir jusqu'au matin,
Voilà tout' ma philosophie;
A la providence j' me fie
Du soin d' veiller à mon destin.
Lorsque d' quelqu'un j' soulag' la peine,
J' trouv' que d' mon temps j' fais bon emploi,
Et j' suis aussi content qu'un roi,
Au pied de mon vieux chêne.

Deuxième couplet.

J' suis privé d' la clarté des cieux,
Des champs je n' vois plus la parure,
Je n' puis plus voir de la nature
Le spectacle délicieux.
Mais quand Jeannette, ici m'amène,
Quand j' vous sens tous autour de moi,
Je suis aussi content qu'un roi,
Au pied de mon vieux chêne.

LATUILE.

Eh! bien, père Jérome, cela va-t-il aujourd'hui?

JÉROME.

Comme je vous disais, toujours très-bien, mes enfans, quand je suis parmi vous.

LAROSE, *allant au père Jérome.*

Père Jérome... devinez qui qui vous prend la main ?

JÉROME.

Comme c'est malin, c'est toi, Larose.

LAROSE.

Juste... c'est moi... je croyais pas qu'il l'aurait deviné.

JEANNETTE.

Eh ! bien, père Jérome, la mère Mathurine a suivi votre avis, elle a gagné son procès.

JÉROME, *en souriant.*

Ah ! j'entends... elle n'a pas plaidé...

LATUILE.

C'est comme le père Grégoire, il a fait ce que vous lui avez dit... il a repris sa femme.

LAROSE.

Et le petit aussi, tout de même.

LATUILE.

Mais asseyez-vous donc, c'est que vous faites un bon bout de chemin pour venir tous les jours.

JÉROME.

Il m'a semblé aujourd'hui plus court qu'à l'ordinaire, ma petite Jeannette me tenait compagnie.

JEANNETTE.

C'est bien dommage que nous n'ayons pas pu vous loger par ici.

LAROSE.

Oui, parce que y étant, il n'aurait pas besoin d'y venir si souvent tous les jours.

JEANNETTE, *aux villageois.*

Ecoutez-donc vous autres, comme nous ne pourrions plus à présent nous passer du père Jérome, que j'avons besoin de ses chansons et de sa vielle, pour lui éviter la peine de venir ici, je pourrions les dimanches aller danser chez lui, devant sa porte.

LAROSE.

Oui, devant sa porte, c'est grand comme un chien couché; j'y pourrions pas danser une contredanse à deux.

JÉROME.

Non, non, mes amis, je ne veux pas que vous quittiez pour moi une place consacrée depuis un siècle aux réunions de ce pays ; puisque vous avez du plaisir à m'entendre, j'aurai toujours assez de courage pour venir vous trouver.

LATUILE.

Ah! quand vous ne pourrez plus venir, je vous porterons.

LAROSE.

Ah! je crois ben, et dans ma brouette encore.

LATUILE.

Père Jérome, avant qu'on aille aux champs, votre ronde des dimanches, hein!

LAROSE.

Ah! oui!.. hein!..

JEANNETTE.

Autant que ça ne le fatiguera pas, s'entend.

JÉROME.

Ne craignez rien.

LAROSE.

Ecoutons, l'aveugle va chanter.

JÉROME, *en s'accompagnant sur sa vielle.*

Air : *En revenant de Charenton.*

Que voit on quand on a d' bons yeux,
En tous lieux,
Des ambitieux,
Des flatteurs et des envieux ;
Pour moi la lumière
N'est plus aussi chère,
Car à chaque pas,
N' peut-on pas hélas!
Se répéter tout bas :
Heureux celui qui n'y voit guère,
Heureux celui qui n'y voit pas.

(*Les villageois dansent en répétant le refrain*).

JÉROME, *s'apercevant que Jeannette est auprès de lui.*

Eh! bien, qu'est-ce que tu fais donc là, Jeannette, tu n'es pas de la danse?

JEANNETTE.

C'est que je ne veux pas vous quitter.

JÉROME.

Va, va, danser ma petite, je puis me passer de toi.

LAROSE.

En avant le second couplet.

JÉROME.

Vous savez qu' Lucas
N'y voit pas,
Et qu' sa femme a bien des appas,
Tous les galans suivent ses pas;
Quand on voit gros Pierre,
Et plus d'un compère,
Aller chez Lucas,
N' peut-on pas hélas!
Se répéter tout bas :
Heureux celui qui n'y voit guère,
Heureux celui qui n'y voit pas.

(*On danse*).

A quelque chos' malheur est bon,
Souv'nez-vous de ce vieux dicton,
L'amour est aveugle, dit-on,
Thémis, qu'on révère,
R'semble au dieu d' Cythère,
Et dans leurs ébats,
Amis et plaideurs se répètent tout bas :
Heureux celui qui n'y voit guère,
Heureux celui qui n'y voit pas.

LATUILE.

Au revoir, père Jérome, j'vous laissons avec notre fille, et j'allons un peu nous occuper de nos affaires.

JÉROME.

Oui, oui, allez, mes bons amis.

LATUILE.

Enfans, chacun à son ouvrage. (*Bas aux paysans*). Ce soir, tous ici avec des bouquets.

(*Ils s'en vont en chantant :*)

Heureux celui qui, etc.

SCÈNE VII.

JÉROME, JEANNETTE.

(*Pendant la fin de la scène précédente, Jeannette a été voir plusieurs fois au fond du théâtre*).

JEANNETTE, *tristement.*

Eh! bien, père Jérome, il n'arrive pas.

JÉROME.

Qui?

JEANNETTE.

Votre neveu, M. Victor.

JÉROME.

Il m'semble qu'il n'y a pas de temps perdu ; il ne devait être ici qu'à midi.

JEANNETTE, *vivement.*

Qui l'empêche d'y être plutôt ?

JÉROME.

Ses affaires apparemment.

JEANNETTE.

S'il savait ce que j'ai à lui apprendre, il reviendrait peut-être plus vîte ; mais quand il est dans ce Paris, rien ne peut l'en arracher.

JÉROME, *riant.*

Ah ! ah ! de la jalousie, ma petite.

JEANNETTE.

N'ai-je pas raison d'en avoir.

JÉROME.

Air : *Femmes voulez-vous éprouver.*

Victor te chérit ardemment,
Il est certain de ta tendresse,
Ainsi dis-moi, ma chère enfant,
Pourquoi ce soupçon, c'te tristesse.

JEANNETTE, *timidement.*

Je ne crains pas, je l'dis de bonne foi,
Qu' Victor trouv' dans toute sa vie,
Un' femm' plus aimante que moi,
J' crains qu'il n'en trouve un' plus jolie.

JÉROME, *riant.*

D'après ce qu'on m'a dit... n'aye pas peur... et puis je connais Victor, chaque fois que je fais ma petite promenade avec lui, c'est toujours de ce côté qu'il me conduit.

JEANNETTE.

Oui, mais sitôt qu'il arrive ici, monsieur s'en va bien vîte ailleurs.

JÉROME.

Parce qu'alors tu prends sa place, et qu'il sait tout le plaisir que j'ai d'être avec toi. Allons, ne t'afflige pas, il va venir, et je suis sûr qu'il ne nous quittera pas de la journée.

JEANNETTE.

Ah! tant mieux, ça me fait tant de peine, quand vous êtes seul, vous devez bien vous ennuyer ?

JÉROME.

Qui, moi? jamais, je m'occupe, ma vielle est là.

JEANNETTE.

Vous ne pouvez pas toujours en jouer?

JÉROME.

Non, mais dans mes douces rêveries, mes souvenirs ne m'abandonnent jamais, je repasse ma vie, et ça me console.

Air : *De M. Müller.*

Je me souviens, qu'en ma tendre jeunesse,
Ma mère souvent me prenait dans ses bras,
Sentant déjà le prix d'une caresse,
Yvre d' bonheur je ne la quittais pas.

Je me souviens que je perdis mon père,
Las!.. nous étions déjà beaucoup d'enfans,
A leur secours je devins nécessaire,
Je les ai tous nourris pendant quinze ans.

Je me souviens que j'ai promis de suivre,
Le droit sentier que l'honneur me montra;
Je me souviens que je jurai d'y vivre,
Et ce serment est toujours resté là.

Mauvaise tête, en main prenant les armes,
J'ai pour un rien, causé quelques malheurs,
Et j'eus besoin dans ces momens d'alarmes,
Que le vaincu daigna sécher mes pleurs.

Pour mes amis, dans mainte circonstance,
Avec plaisir j'ai bravé le trépas;
Pour en avoir la moindre récompense,
On ne m'a vu jamais faire un seul pas.

Je me souviens qu'au dieu d'amour fidèle,
Quand je prenais un amoureux essor,
Mon cœur battait à l'aspect d'une belle,
Lorsque j'y pense, il bat queuq' fois encor.

Grand amateur du divin jus des treilles,
Je surpassais le plus vaillant buveur;
Dans les assauts qu'on livrait aux bouteilles,
Je me souviens qu' j'étais toujours vainqueur.

Tu le vois donc, au bout de ma carrière,
Par le passé, mon cœur est égayé,
Car, excepté le mal qu'on m'a pu faire,
Ma chère enfant, je n'ai rien oublié.

JEANNETTE.

Quel dommage que vous soyez aveugle, gai comme vous l'êtes, vif, bien portant, vous pourriez encore goûter quelque plaisir.

JÉROME, *avec sensibilité.*

Des plaisirs... eh! n'entends-je pas comme vous le chant

du rossignol, le murmure des eaux... j'entends le laboureur qui trace son sillon dans le champ de ses pères, le bruit de la hache qui retentit dans la forêt, le bêlement des bestiaux qui vont aux pâturages, le galoubet du berger, le cliquetis du moulin, tout cela est pour moi d'une jouissance infinie; j'entends tout, et je crois tout voir encore... et puis, quand je pense aux bontés que les habitans de ce pays ont pour moi, quand j'ai le bonheur de les entendre rire et chanter, quand je puis presser ta main, je ne sais pas qui peut-être plus heureux que moi.

JEANNETTE, *pleurant.*

Ah! père Jérome! père Jérome! mais je crois entendre Victor... c'est lui... c'est lui...

JÉROME.

Peste! voilà une petite fille qui a l'oreille aussi fine que moi.

SCÈNE VIII.

JÉROME, JEANNETTE, VICTOR.

(*Victor court à Jérome et l'embrasse; il a l'air très-agité*).

VICTOR, *essoufflé.*

Bonjour, mon oncle! ah! j'ai bien du regret de n'être pas arrivé plutôt.

JÉROME.

Oh! il n'y a pas de mal.

VICTOR.

Ce qui m'a retardé, c'est que j'ai passé chez vous, afin de vous amener ici; ne vous y trouvant pas, j'ai pensé que vous vous étiez impatienté, et j'étais de si mauvaise humeur!

JÉROME.

Là, là, calme-toi.

JEANNETTE, *à part.*

Voyez s'il me dira un mot.

VICTOR.

Et puis un monsieur de Paris, que j'ai rencontré devant votre porte, m'a arrêté, et il ma parlé de vous.

JÉROME.

De moi, que t'a-t-il dit?

VICTOR, *d'une manière concentrée.*

Ce qu'il m'a dit, mon oncle, je vous le dirai, ou plutôt je ne vous le dirai pas... parce que cela me regarde...

JÉROME, *à part.*

Allons, voilà mon coquin qui aura fait quelque coup de sa tête.

VICTOR, *apercevant Jeannette.*

Bonjour, Jeannette!

JEANNETTE, *avec dépit.*

Ah! c'est fort heureux, vous vous apercevez que je suis là?

VICTOR.

Je suis charmé de vous revoir, vous êtes aujourd'hui d'une fraîcheur et d'une gentillesse.

JEANNETTE.

C'est bon, ça ne vous regarde pas.

VICTOR.

Quoi! ma chère Jeannette...

JEANNETTE.

Je ne suis pas votre chère Jeannette, monsieur.

VICTOR, *avec dépit.*

Eh! bien, mademoiselle, tout comme il vous plaira.

JÉROME.

Allons, ne voilà-t-il pas qu'ils vont se fâcher.

JEANNETTE, *de même.*

Adieu, monsieur.

VICTOR.

Adieu, mademoiselle.

JÉROME, *frappant à terre avec son bâton.*

Je vois bien qu'il faut que je me mêle du raccommodement; voulez-vous bien rester ici, tous les deux.

JEANNETTE, *feignant de s'en aller.*

Non, je ne veux plus le voir, ni lui parler. (*Elle revient*).

VICTOR, *de même.*

Ni moi non plus.

JEANNETTE.

J'en mourrai de chagrin, mais c'est égal, j'aurai le plaisir de lui faire de la peine.

JÉROME, *avec chaleur.*

Ah! vous me quittez ainsi! vous vous en allez!.. vous laissez tout seul votre pauvre aveugle!.. quand il n'a de bonheur, de consolation dans la vie, que lorsqu'il est entre vous deux, que quand il est témoin de l'amitié qui vous unit... eh! bien, vous êtes deux ingrats, que je n'aime plus et de qui je ne veux plus recevoir le moindre service, remenez-moi au pied de mon vieux chêne, et allez-vous en.

JEANNETTE, *courant à lui.*

Ah! père Jérome.

VICTOR.

Mon oncle.

JEANNETTE.

Nous! vous abandonner?

VICTOR.

Jamais!

JEANNETTE.

Je reste à vos côtés.

VICTOR.

Moi aussi.

JÉROME.

Allons, morbleu! qu'on fasse mieux, que l'on se rapproche, et plus de bouderie.

Air : *Vaudeville de la Jarretière.*

Allons, Victor, prends la main de Jeannette,
Et désormais plus de transports jaloux.

VICTOR, *prenant la main de Jeannette.*

Vous le voulez, mon oncl', la paix est faite,
Qu'est-c' qu'on n' f'rait pas par amitié pour vous.

JÉROME, *riant.*

A la bonne heure, j'étais bien sûr qu'en vous prenant comme ça... mais tout n'est pas encore fini.

Même air.

Allons, bien vite, il faut que l'on s'embrasse,
Et qu' j'entend' ça... vite un baiser bien doux.

JEANNETTE.

Vous le voulez, j'y consens de bonn' grâce,
Qu'est-c' qu'on n' f'rait pas par amitié pour vous.

(*Victor embrasse Jeannette*).

JÉROME, *riant.*

C'est entendu... eh! allons donc! voilà comme j'aime que l'on soit brouillés... moi...

VICTOR.

Mon oncle, Jeannette vous a conduit ici ce matin, êtes-vous content d'elle ?

JÉROME.

Très-content; elle m'a mené fort lestement, je n'ai rien à lui reprocher, si non, qu'il m'a semblé qu'elle tournait bien souvent la tête du côté de Paris.

JEANNETTE.

Vous croyez, père Jérome ?

JÉROME.

Est-ce que je n'avais pas toujours ce bras-là en arrière; mais il n'y a pas de mal, mon enfant, il n'y a pas de mal.

VICTOR, *avec âme.*

Jeannette, si je n'étais pas ici demain matin, par malheur!..

JEANNETTE.

Comment, par malheur?

VICTOR, *se reprenant.*

Je veux dire par hasard, vous voudriez bien servir encore de guide à mon oncle ?

JEANNETTE.

Oui, certainement.

VICTOR, *avec âme.*

Vous ne le quitteriez pas de la journée ?

JEANNETTE, *inquiète.*

Non.

JÉROME.

Où veux-tu donc aller ?

VICTOR, *troublé.*

Ah! mon dieu! nulle part, mais que sait-on, une affaire imprévue...

JEANNETTE, *inquiète.*

Oh! vous pouvez vous fier à moi, monsieur Victor.

VICTOR.

Et si à mon grand regret, mon absence durait un jour ou deux, car il faut tout mettre au pire.

JEANNETTE, *regardant Victor.*

Qu'avez-vous donc aujourd'hui, vous avez l'air agité, auriez-vous quelque chagrin ?

VICTOR.

Qui... moi?.. oh! pas du tout. (*à part*). Ouf! je n'en puis plus. (*haut*). Voici l'heure de notre déjeuner, allez, ma chère Jeannette, chercher chez vous tout ce qu'il faut, et nous irons tous trois nous asseoir auprès de la fontaine.

JEANNETTE.

Oui, mon ami, j'y vais. (*bas à Jérome*). Père Jérome, tâchez donc de savoir ce qu'il a... oh! j'en suis sûre, il a quelque chose...

JÉROME, *bas à Jeannette.*

Je vais le lui demander, et je te le dirai, si je le puis.

JEANNETTE.

Adieu, mon ami. (*Ils se serrent la main tous les deux très-affectueusement; et Victor a l'air d'essuyer une larme prête à couler*). Oh! il a quelque chose, bien sûr, il a quelque chose. (*Elle sort en regardant Victor avec inquiétude*).

SCÈNE IX.

JÉROME, VICTOR.

JÉROME.

Ah! ça, j'espère, monsieur, que vous allez me dire ce que vous avez?

VICTOR.

Je n'ai rien, mon oncle.

JÉROME.

Vous mentez, votre voix est altérée, et votre main que je serre dans la mienne, m'indique assez que votre cœur est troublé.

VICTOR, *embarrassé.*

Je vous assure, mon oncle...

JÉROME.

Vous avez des secrets pour moi... ne suis-je donc plus votre meilleur ami?..

VICTOR.

Oh! si vous saviez...

JÉROME.

Parle... as-tu besoin du peu que je possède, il est à toi.

VICTOR.

Ce n'est pas de votre argent que j'ai besoin.

JÉROME.

Serait-ce de mes conseils?.. ils sont encore bons, et peuvent te diriger dans le sentier de l'honneur; allons, qu'as-tu dit? qu'as-tu fait? que t'est-il arrivé?

VICTOR.

Je vous l'ai dit; j'ai rencontré à votre porte, un homme qui m'a beaucoup regardé, il croyait sans doute me reconnaître, et voulait m'insulter; son air m'a déplu, je lui ai demandé ce qu'il voulait, il m'a parlé de vous, de votre position avec si peu d'égard, de respect, vous qui avez perdu la vue d'une manière si honorable. J'étais indigné, je l'ai prié de changer de langage... mon emportement l'a fait rire... je n'ai pu me contenir... quelques mots assez durs me sont échappés.. j'ai eu tort; mais il m'a provoqué, c'est ce que je voulais... le rendez-vous est pour ce soir, ici même, sur cette place.

JÉROME.

Malheureux, qu'as-tu fait?

VICTOR.

Ce que je devais.

JÉROME.

Mais si tu allais succomber.

VICTOR.

Faut-il que cela m'arrête.

Air : *De Lantara.*

La crainte n'est qu'une chimère,
Pourquoi donc, puisque chacun meurt,
Trembler au moment d'une affaire,
Mais c'est mourir, que d'en avoir la peur.
La crainte, hélas! dont une âme est remplie,
Du sort ne change pas les lois,
Le lâche meurt mille fois dans sa vie,
Le brave ne meurt qu'une fois.

JÉROME, *à part.*

Il a du cœur, tant mieux! (*haut*). Sais-tu au moins comment s'appelle cet homme?

VICTOR.

Non, mon oncle.

JÉROME, *froidement.*

Ainsi, monsieur, vous voilà, par votre étourderie, engagé avec le premier venu, dans une affaire où vous courez risque de perdre le vie.

VICTOR.

Ah! dame, chacun y est pour son compte.

JÉROME.

Pour son compte ! c'est une chose horrible, infâme... sais-tu seulement te poser à la parade.

VICTOR.

Ma foi non... j'irai en avant.

JÉROME.

En avant... en avant, voilà comme ils sont tous ! ne veux-tu pas te laisser tuer... garde-toi bien de cela, morbleu ! tiens, voilà comme on se pose, ferme sur le jaret. (*Il se met en garde*).

VICTOR.

Oui, oui.

JÉROME, *se calmant.*

Je ne conçois pas vraiment, comment de sang-froid, un homme peut se décider à aller tuer son semblable, et souvent pour une vétille.

VICTOR.

Oui, sans doute, mais quand la raison l'exige.

JÉROME, *s'emportant.*

La raison n'exige jamais ces choses-là.

VICTOR.

Quand l'honneur le commande.

JÉROME.

Jamais l'honneur ne se mêle de ça ; il n'y a que les mauvais sujets qui se battent, ça m'est arrivé une douzaine de fois dans la vie, mais je m'en suis joliment repenti. Monsieur, souvenez-vous qu'un honnête homme fuit ces sortes d'affaires avec le plus grand soin, et pour un oui, pour un non, ne s'expose pas à plonger dans les larmes toute une famille. Sais-tu bien, malheureux, quel chagrin j'éprouverais si j'allais te perdre, n'es-tu pas tout pour moi sur la terre, si je vis, si je respire, c'est parce que je puis te presser encore sur mon cœur. Mon fils, mon ami, n'expose pas tes jours, si tu veux conserver encore ceux du vieux Jérome.

VICTOR.

Ah ! s'il en était temps encore !

JÉROME.

Voudrais-tu reculer ?

VICTOR.

Qui, moi, mon oncle, jamais !

JÉROME, *se mettant en garde.*

A la bonne heure, parce que, vois-tu, quand on se tient bien de là. (*Prenant sa gravité*). Point de coup de tête surtout, ou je vous renierais pour mon neveu, et n'oubliez pas que j'ai besoin de vos soins, de votre personne, et que si vous exposiez vos jours...

Air :

J'ai mis en vous ma confiance ;
» D'abord il faut te bien placer.
Vous êtes ma seule espérance,
» Avoir grand soin de t'effacer.
Un coup fâcheux viendrait m'abattre,
» Ne tient pas trop la pointe en l'air.
Songez, que j' vous défends d' vous battre !
» Et ne quitte jamais le fer.

VICTOR.

Mon oncle, mon adversaire est mort !

JÉROME.

Tant pis pour toi. Chut ! j'entends Jeannette.

SCÈNE X.

Les Mêmes, JEANNETTE.

JEANNETTE, *un panier à la main..*

Air : *Quand on va droit son chemin.*

J'apporte en cette corbeille,
D' quoi faire un joli repas.
(*bas à Jérome*).
Et puis dans cette bouteille,
Un vin qu' mon pèr' ne fait pas.
Allons
Dans ces vallons,
Où murmure
Une onde pure,
L' plaisir suivra nos pas,
Pour égayer le repas.

(*bas à Jérome*).

Eh ! bien, savez-vous quelque chose ?

JÉROME.

Il n'a rien dutout.

JEANNETTE.

Ah ! tant mieux, allons, partons ; venez-vous avec nous, Victor ?

VICTOR.

Oui sûrement, ma chère Jeannette; donnez-moi ce panier, et prenez le bras de mon oncle.

JEANNETTE.

Bien volontiers.

SCÈNE XI.

Les Mêmes, LATUILE. (*Il entre au moment ou Jérome et les enfans vont partir*).

LATUILE.

Bon voyage et bon appétit. Êtes vous heureux, père Jérome, d'avoir à votre service deux petits conducteurs comme ça.

JÉROME.

Oui, mon ami. (*Il se place entre les deux enfans, et les presse contre lui*).

Air : *A la ville je ne vois pas.* (des Blouses).

O momens, pour moi pleins d'attraits,
Je tiens ici tout ce que j'aime,
Partons tous trois, bonheur suprême,
Mes chers enfans, ne me quittez jamais.
Votre tendresse,
Enchanteresse,
Est ma richesse,
Est-il plus beau trésor!
Ma Jeannette et toi, mon Victor,
Aimez moi, long-temps encor.
Dans ce village,
Grâce à vous,
Je fais, je gage,
Bien des jaloux.
O! momens, pour moi, etc.

(*Ils sortent tous trois par le fond*).

SCÈNE XII.

LATUILE, LAROSE.

LATUILE, *les regardant s'en aller.*

V'là pourtant un tableau que je vois tous les jours. (*appelant*). Ah! Larose!..

LAROSE.

Me v'là, not' maître.

LATUILE.

Allons, dépêchons-nous.

LAROSE.

Oui, dépêchons, dépêchons, je ne fais qu'ça... qu'y a-t-il encore ?

LATUILE.

Je te dis de t'asseoir, ce n'est pas bèn difficile... si les Parisiens viennent, tu m'avertiras.

LAROSE.

Dites donc, not' maître, vous avez compté à ce matin avec le bourgeois de Paris, vous avez reçu votre quibus.

LATUILE.

Oui !

LAROSE.

Eh ! bien, est-ce qu'il n'y a rien eu pour le gâcheux, notre maître ?

LATUILE.

Oh ! par exemple, c'est ça que tu t'es bien dépêché.

LAROSE.

J'ons t'y pas bien fait notre devoir, et molonné tout ça aussi bien que vous.

LATUILE.

J'entre là-dedans pour donner le dernier coup-d'œil ; si on me demande, tu m'appelleras.

LAROSE.

Oui, notre maître, (*Latuile entre dans la maison*).

SCÈNE XIII.

LAROSE, *seul.*

Les Parisiens ne vont pas venir encore, j'ai le temps de manger un morceau. (*il tire un morceau de pain, et cherche son couteau*). Je ne pense jamais que j'ai perdu mon coutiau, me v'là juste comme François Létourniau, il me semble encore l'entendre...

(1). Air :

En r'venant du châtiau,
Je ram'nais mon troupiau,

(1). Cette chanson est de M. Bérat, on la trouve gravée chez M. Janet, rue Saint-Honoré.

Je r'gardais (*bis*). t'un batiau,
Qui s'en allait sur l'iau,
Tu sais ben c' p'tit coutiau,
Qu' papa m'a fait cadeau,
J'ai perdu mon coutiau. (*ter*).

Deuxième couplet.

Ah! c'est à la maison,
Qu' va y avoir du bouillon. (*bis*).
Mais, queuqu' ma maman va m' dire,
Mon papa, c'est encor pire.
L'y qui m'avait d'Elbeuf,
En r'venant par batiau,
Rapporté s'tit coutiau,
Qu'était tout à fait neuf.

J'l'y dirai tout bonnnement, vous savet ben c'joli p'tit coutiau...

En r'venant du châtiau, etc.

Troisième couplet.

J' vas chercher t'un moyen,
De repêcher mon bien. (*bis*).
Je sais ce que j' m'en va faire,
J'ai mon parrain qu'est notaire,
L' plus savant du hameau,
J' l'y d'irai, mon parrain,
Vous qu'êt' un écrivain,
Fait' moi un écriteau.

Sur la route de Routiau y a z'un potiau, j'prendrai mon sabiot en guise d'martiau, j'planterai mon écriteau, et le passant qui passera, lira d'en haut.

En r'venant du châtiau,
Je ram'nais mon troupiau,
J'ai perdu (*bis*). mon coutiau.
Passant lit c't écritiau,
J' suis François l'Étourniau,
Si tu r'trouv' mon coutiau,
Y a un sou pour cadeau,
Ramèn' moi mon coutiau, (*ter*).
Ah! ah! ah! ah! ah! ah! ah!
Ramèn' moi mon coutiau.

Mais v'là les Parisiens qui viennent. (*Il va se placer près de la maison du père Latuile, et mange son pain*).

SCÈNE XIV.

LAROSE, LEFRANC, DELORME.

LEFRANC.

Par ici, mon ami, par ici. (*Il le conduit en face de la*

maison). Tiens, regarde, la voilà; eh! bien, que dis-tu de notre maison?

DELORME.

Elle est charmante, et d'une simplicité qui me plait beaucoup.

LEFRANC.

Vois aussi comme elle est bien située.

DELORME.

On ne peut mieux, ah! pourquoi n'avons-nous pas eu l'idée de faire bâtir cette maison, six ans plutôt, au moment même ou ma mère et tes enfans ont été si miraculeusement sauvés du plus cruel incendie.

LEFRANC.

Il n'y a que trois mois que nous avons eu le bonheur de retrouver celui à qui nous devons un si grand bienfait.

DELORME.

En vérité, plus je regarde cette habitation, plus j'en suis enchanté.

Air :

Voilà donc l'asile sacré
Q'attendait mon impatience;
Bientôt un mortel révéré,
Y fixera sa résidence.
Ce logis est bâti sans frais,
Mais la maison la plus petite,
Brille à nos yeux comme un palais,
Quand c'est la vertu qui l'habite.

A propos, as-tu vu le jeune Victor, dont on nous a parlé, et que nous voulons fixer près de lui.

LEFRANC.

Oui, il aime ici une fille charmante, que je veux lui faire épouser.

DELORME.

Tu le crois donc capable de servir nos projets; tu penses que jamais il ne quitterait le père Jérome.

LEFRANC.

Oh! jamais! il est plein d'honneur et de courage; sur certains mots que je me suis permis exprès sur son oncle, il m'a provoqué, et le rendez-vous est pour ce soir.

DELORME.

Comment, un duel aujourd'hui.

LEFRANC.

Il se terminera gaîment à table.

Air : *Il me faudra quitter l'empire.*

Chacun agit à sa manière ;
Pour égayer de tels combats,
Avant d'engager une affaire,
Moi, je commande un bon repas.
Par ce moyen, assez aimable,
Les combattans le verre en main,
Grâce à moi, tombent sous la table, } 4 *fois.*
Ça vaut mieux que sur le terrain.

Ainsi, songeons au dîner. (*à Larose*). Appèle ton bourgeois.

LAROSE, *appelant.*

Le bourgeois, v'là les Parisiens.

SCÈNE XV.

Les Mêmes, LATUILE.

LATUILE.

Me v'là, me v'là !

LAROSE.

Messieurs, le v'là !

LATUILE.

Ah ! c'est vous, messieurs, soyez les bien venus.

LEFRANC.

Vous voyez, père Latuile, que nous avons été de parole.

LATUILE.

Et moi aussi, messieurs, tout est bien en ordre là-dedans, et quand vous voudrez y entrer...

LEFRANC.

Un mot auparavant ; comme il nous paraît que vous avez deux cordes à votre arc...

LATUILE.

C'est vrai, je bâtis des maisons, et je nourris des locataires.

DELORME.

Faites-nous donc préparer un excellent dîner.

LATUILE.

Rien de plus aisé, nous avons ici tout ce qu'il faut pour ça.

LAROSE.

C'est moi qui est le pourvoyeux en chef. Ce matin j'ai apporté des côtelettes et du ciment, une longe de veau et un sac de plâtre; faut-il mettre ça à la broche?

LEFRANC.

Vous ferez mettre trois couverts au pied de cet arbre.

LATUILE.

Pas possible, messieurs.

LAROSE.

Non, pas possible; personne ne peut s'y mettre.

(Il va s'asseoir sur le banc).

LATUILE, *avec respect.*

C'est le banc du père Jérome, où il vient chaque jour rendre ses audiences.

DELORME.

Comment, ses audiences; un juge aveugle?..

LATUILE.

Ça n'empêche pas qu'il n'arrange très-bien tous nos petits différens. Chacun se fait un plaisir de le consulter, c'est le bon ange du pays; il console celui-ci, raccommode ceux-là, et ne s'en va presque jamais sans avoir fait une bonne action.

LAROSE.

Deux bonnes actions, trois bonnes actions, tant qu'y en a, quoi.

DELORME.

Je serais bien curieux de le voir aussi, ce bon père Jérome.

LEFRANC.

Ne pourriez-vous point, M. Latuile, faire diriger ses pas de ce côté?

LAROSE.

Ah! il n'est pas fier, il viendra tout de même, si on l'amène, parce que, voyez-vous... il est aveugle et ça le gêne...

LATUILE.

Il est là bas avec notre fille, je vais l'envoyer chercher.

LEFRANC.

Vous nous rendrez le plus grand service; en attendant, nous allons visiter la maison.

Air : *Walse du Pauvre Diable.*

Sans plus tarder, mon ami, je t'engage
A visiter ce joli logement;
Tu n'as pas vu de plus bel hermitage,
C'est, sans mentir, un asile charmant!

LATUILE.

Regardez l' mur, il est blanc comm' l'albâtre.

LAROSE.

En ayant soin d'y mettre tous les ans,
Quelques moellons, recouverts d'un peu d' plâtre,
Ce mûr-là, j' crois, doit durer quelque temps.

ENSEMBLE.

Sans plus tarder, etc.

LEFRANC.

Sans adieu. (*Ritournelle*).

SCÈNE XVI.

Les Précédens, puis JÉROME et JEANNETTE, *l'aidant à descendre la montagne.*

LATUILE.

Allons, Larose, tu vas te signaler, nous avons un grand diner.

LAROSE.

Ça n'arrive pas souvent.

LATUILE.

Ce sont de braves gens, je veux leur donner de mon meilleur vin.

LAROSE.

Et ça ne les grisera pas.

LATUILE.

Tais-toi, bavard, et va à la cuisine, va rôtir.

LAROSE.

Je veux bien ! (*Il sort*)

JEANNETTE.

Air : *Petit vent bien doux.*

Appuyez-vous bien,
Ne craignez rien,
Nous sommes au bout du voyage.

LEFRANC.

Amis, c'est lui.

DELORME.

Oui, le voici,
De plaisir mon cœur est ravi.

LEFRANC.

Tous les deux nous allons ici,
Payer la dette du courage. (*bis*).

JEANNETTE.

Vous y voilà,
Votre arbre est là.

JÉROME.

Ah! je suis au bout du voyage.

JEANNETTE.

Vous êtes au bout du voyage.

LEFRANC, DELORME, LATUILE.

A la vertu rendons hommage.

(*Delorme et Lefranc rentrent*).

JÉROME.

C'est ici que mon étourdi a donné son rendez-vous ; je ne quitte plus la place.

LATUILE.

Eh ! bien, père Jérome, j'ons oublié de vous dire ça ce matin, il est arrivé ?

JÉROME.

Qui donc ?

LATUILE.

Ce bourgeois de Paris, qui est est venu, il y a trois mois, si mystérieusement, acheter ce terrain, faire bâtir cette maison.

JÉROME.

Que m'importe ?

LATUILE.

Il est revenu ce matin parachever le paiement, sans tant seulement rabattre un sou, et à cette heure, il est là-dedans avec un de ses amis. Ils veulent absolument vous parler, entendre vos chansons, vos joyeux refrains...

JÉROME.

Oui dà, je m'en vais.

JÉROME, *avec amitié*.

Ils ne connaissent pas le père Jérome ; avec vous autres, mes amis, je joue de la vielle, je vous chante une ronde à danser, je vous accompagne dans vos travaux, dans vos festins champêtres, vous me mettez de la fête, quand ça se peut, j'accepte quand ça me fait plaisir... mais aller chanter à la table de gens qui veulent me voir par curiosité, m'entendre par désœuvrement, qui se moqueraient de mes vieux airs, et croiraient peut-être m'honorer beaucoup en les écoutant et en buvant à la santé du pauvre chanteur, non, non, je ne suis pas de ces gens-là.

JEANNETTE.

Vous vous trompez, sans doute, sur leurs intentions. (*Jérome veut s'en aller*).

LATUILE, *le retenant.*

Attendez un moment, père Jérome.

JEANNETTE.

Mon père a raison, restez, je vous en prie.

Air : *De Julie.*

C'est pour vous rendre leur hommage,
Que ces messieurs demandent à vous voir;
Ne redoutez aucun outrage,
Et sur vot' banc, v'nez vous asseoir;
Je me tiendrai près de vous en silence.
Plein d'honneur et de loyauté,
L' Français a toujours respecté
Et la vieillesse et l'innocence.

JÉROME.

Tu le veux, ma petite Jeannette, j'y consens. (*Il va s'asseoir*).

LATUILE.

Adieu, père Jérome, je vais m'occupper du dîner. (*Il entre chez lui*).

(*On entend dans le lointain le bruit du tambourin*).

JÉROME, *écoutant.*

Jeannette, j'entends le tambourin.

JEANNETTE.

Ce sont les villageois qui reviennent de l'ouvrage, mais ils sont encore bien loin.

JÉROME.

Donne-moi ma vielle; que j'aime à les entendre! ils sont heureux, ça me donne envie de chanter.

(*Ici Lefranc et Delorme rentrent en scène tout doucement, en faisant signe à Jeannette de ne rien dire*).

Air : *De M. Bérat.*

On croit au sein de la puissance,
Obtenir un brillant destin,
On y parvient, on vous encense,
Mais la faveur n'a point de lendemain. (*bis*).
A la vill' l' plaisir s'achète,
Moi je préfère en ce canton,
Le joyeux refrain de Jeannette,
Et le tambourin du vallon. (*ter*).

(*On entend le tambourin*).

Deuxième couplet.

La grandeur n'est qu'une chimère,
Il n'est de vrai que l'amitié,
Heureux qui peut sur cette terre,
Dans son p'tit coin vivre oublié. (*bis*).
A la vill' l' bonheur s'achète,
Moi, je préfère en ce canton,
Le joyeux refrain de Jeannette,
Et le tambourin du vallon. (*ter*).

LEFRANC.

Votre chanson est excellente, père Jérome, et vous la chantez avec une chaleur.

JÉROME, *se débarrassant de sa vielle.*

Quoi ! l'on m'écoutait, vous êtes bien bon, bien honnête, monsieur.

JEANNETTE, *bas à Jérome.*

Ils sont deux.

JÉROME.

Vous êtes bien bons, messieurs, ne puis-je savoir à qui j'ai l'honneur de parler?

LEFRANC.

A Lefranc.

DELORME.

A Delorme.

LEFRANC.

Le propriétaire de la petite maison neuve qui est sur la place.

JÉROME.

Ah? oui, je sais, celle que le père Latuile vient de construire.

SCÈNE XVII.

Les Précédens, LAROSE.

LEFRANC.

Précisément.

LAROSE, *arrive*.

Monsieur le Parisien.. tiens, l'aveugle est là..

LEFRANC.

Qu'est-ce ?

LAROSE.

C'est cuit.

LEFRANC.

Quoi donc ?

LAROSE.

C'est cuit et chaud.

LEFRANC.

Mais quoi donc ?

LAROSE.

Le fricot.

LEFRANC.

Va donc, imbécille.

LAROSE.

C'est parler. (*Il sort*).

SCÈNE XVIII.

Les Précédens, excepté LAROSE.

JEANNETTE, *bas*.

Le monsieur qui vous parle, est celui qui vous connaît, et qui veut me faire épouser Victor.

JÉROME.

On dit, messieurs, cette maison très-commode, très-agréable.

DELORME.

Oui, aussi pourrait-elle bien être, entre mon ami et moi, l'objet d'une discussion assez vive.

JÉROME.

Oh ! déjà !

DELORME, *vivement.*

L'usage que j'en veux faire est si juste.

LEFRANC, *de même.*

Le mien si honorable.

DELORME.

Je vous en fais juge.

JÉROME.

Moi, messieurs ?

DELORME.

N'avez-vous pas, au pied de cet arbre, le plaisir de terminer les petites disputes qui s'élèvent de temps en temps?

JÉROME.

C'est vrai, on a la bonté de s'en rapporter à mon jugement.

LEFRANC.

Voici le fait, écoutez-nous.

JEANNETTE.

Je gêne peut-être ces messieurs.

LEFRANC.

Non, mon enfant, je suis bien aise que vous soyez là. (*Prenant Jérome à part*). Apprenez-qu'il y a six ans à peu près.

Air : *Vive la Lithographie.*

Le plus cruel incendie
Menaçait notre logis,
Et je tremblais pour la vie
De ma fille et de mon fils.
Pour les sauver tous les deux,
S'offre un homme généreux,
Qui, dans le fort du danger,
Ne craint pas de s'engager,
Le feu lui ferme passage,
Chacun lui crie alte là !

JÉROME.

Dans l' péril, le vrai courage,
Ne connait pas ce cri-là.

LEFRANC.

Il me rend mes deux enfans,
Et fuit mes embrassemens.

JÉROME.

Son devoir était rempli,
J'en eus fait autant que lui.

DELORME, *prenant Jérome à part.*

Tout proche de là ma mère
Tremblait aussi pour ses jours;
Un brave, un dieu tutélaire!
Vint lui prêter son secours.

JÉROME.

Sans doute, rien n'égalait
Le péril qu'elle courait.

DELORME.

Il est calme et sans effroi,
Je crois le voir devant moi;
Rien n'arrête son audace.

JÉROME.

De quoi pouvait-il trembler?
Quand le danger nous menace,
C' n'est pas l' moment de r'culer.

DELORME.

Ma mère à mes yeux paraît,
C'était lui qui la sauvait;
A tous mes vœux il la rend,
Puis il s'éloigne à l'instant.
Jugez de mon allégresse,
J'ai revu mon bienfaiteur.

LEFRANC.

Il me semble que je presse
Déjà le mien sur mon cœur.

DELORME.

Cette maison est pour lui.

LEFRANC.

Je la veux pour mon ami.

DELORME.

Entre nous, prononcez donc.

LEFRANC, DELORME.

Surtout donnez-moi raison.

JÉROME, *pleurant.*

Ce sont eux.

(*Il chante*).

Messieurs, la reconnaissance,
Vient de pleurs mouiller mes yeux;
J' vous mettrai d'accord, je pense,
J'accepte pour tous les deux.

DELORME, LEFRANC.

Quel bonheur !

JEANNETTE.

Vous, dans cette maison ?

Air : *d'Emma.*

Quel honneur pour tout le village,
Vous méritiez bien cet hommage.

JÉROME.

Mon enfant, malgré c' bonheur-là,
Jérome avec vous restera.

LEFRANC, DELORME.

De notre cœur, voilà le gage,
Oui, nous vous devions bien cela.

JEANNETTE, *remontant la scène.*

Arrivez tous, (*bis*). ah ! les v'là.

LEFRANC, DELORME.

Ah ! pour toujours, votre bienfait sera là.

SCÈNE XIX.

Les Mêmes, LATUILE et LAROSE, *sortant du cabaret,* VICTOR, *à la tete des paysans qui ont tous des bouquets, et qui entrent en dansant au bruit du tambourin. Larose danse seul sur le devant.*

Tra la la la la, tra la la la la, etc.

VICTOR, *interdit.*

Que vois-je?.. mon adversaire dans les bras de mon oncle.

JÉROME.

Comment c'est vous ! je n'ai donc plus rien à craindre.

LEFRANC.

Vous le voyez, jeune homme, je suis au rendez-vous. (*en lui montrant Jeannette*). Et voilà notre témoin.

JEANNETTE.

Comment, votre témoin.

LATUILE.

Qu'est-ce que ça veut dire?

LEFRANC.

Que je vous prie d'accepter cette dot, de marier ces deux enfans ; le père Jérome veut bien habiter cette maison, et nous permettre de venir quelques fois le dimanche, entendre ses joyeux refrains.

LAROSE.

Père Jérome, comme la maison est bien située, et quelle belle vue vous aurez là.

CHOEUR.

Air : *Vaudeville du Matin et le Soir.*

Allons, amis que la fête
S'apprête,
Pour le hameau
Est-il un jour plus beau!
Aux bonnes gens, quand j' voulons rendre hommage,
J' n'ons au village,
Que nos fleurs
Et nos cœurs.

JÉROME, *au public.*

Air : *De la Sentinelle.*

J'ai dans c' villag' trouvé plus d'un appui,
Bonté, douceur, amitié, bienfaisance;
A mon bonheur, y n' manqu' plus aujourd'hui,
Que d'éprouver, messieurs, votre indulgence,

(*Il indique la nouvelle maison*).

C'est là, que je vais vivre en paix,
Vous daignerez, j'espère être mon guide,
C' n'est pas un parterre Français
Qui voudrait pour quelques couplets, (*bis*).
Maltraiter un pauvre invalide.

CHOEUR.

Allons, amis que la fête
S'apprête,
Pour le hameau
Est-il un jour plus beau!
Aux bonnes gens, quand j' voulons rendre hommage,
J' n'ons au village,
Que nos fleurs
Et nos cœurs.

FIN.

www.ingramcontent.com/pod-product-compliance
Ingram Content Group UK Ltd.
Pitfield, Milton Keynes, MK11 3LW, UK
UKHW020415220726
13923UKWH00004B/1960

9 782329 063638